Sandra Jeske &
Helga Roland

WARUM Pflege Spaß MACHT

VINDOBONA
VERLAG *R* SEIT 1946

Bibliografische Information
der Deutschen Nationalbibliothek:

Die Deutsche Nationalbibliothek
verzeichnet diese Publikation in
der Deutschen Nationalbibliografie.
Detaillierte bibliografische Daten
sind im Internet über
http://www.d-nb.de abrufbar.

www.vindobonaverlag.com

© 2024 Vindobona Verlag

ISBN 978-3-903574-60-1
Lektorat: Karolin Leyendecker
Umschlagfoto:
Prostockstudio | Dreamstime.com
Umschlaggestaltung, Layout & Satz:
Vindobona Verlag

Gedruckt in der Europäischen Union
auf umweltfreundlichem, chlor- und
säurefrei gebleichtem Papier.

Inhaltsverzeichnis

Meine Freundin Helga und ich arbeiten seit vielen Jahren in der ambulanten Pflege, und wir lieben unseren Beruf sehr. Wir haben in all den Jahren so viele interessante Menschen kennengelernt und mit ihnen so viel erlebt, so viel gelacht und manchmal natürlich auch geweint.

Als unser Pflegedienst 30-jähriges Jubiläum hatte, und wir mit einem Tequila Sunrise feierten, kam uns die Idee, unsere Erlebnisse aufzuschreiben. Selbstverständlich haben wir alle Namen geändert.

Wir wünschen Euch viel Spaß beim Lesen.

Azubi

Als ich mich für eine Ausbildung zur Krankenschwester beworben habe, war das vor fast 40 Jahren noch der Traumberuf sehr vieler junger Frauen. Die Kliniken verlangten einen Notendurchschnitt von höchstens 2,3. Das glaubt einem heute kein Mensch mehr ...

Ich bekam einen Ausbildungsplatz und los gings: Ich musste ein Häubchen tragen, das so sehr gestärkt wurde, dass man damit locker einen hätte totschlagen können. Gut sichtbar für alle fand man vorne auf der Haube das Ausbildungsjahr, bzw. ob man schon examiniert war. Die Kittel waren vom vielen Waschen schon etwas fadenscheinig, man durfte aber außer der Unterwäsche nichts darunter tragen, was die männlichen Patienten sehr glücklich machte, und die Psyche ist ja bekanntermaßen auch sehr an der Heilung beteiligt ...

Ein Bett zu beziehen war eine Wissenschaft für sich, es gab eine spezielle Falttechnik für die Bettlaken, und die Oberschwester hat regelmäßig kontrolliert, ob die Dinger ordentlich saßen, und wehe dem, der geschludert hat!

Ich habe die Ausbildung abgebrochen und später Altenpflegerin gelernt.

Klinik heute: Der Personalnotstand ist eine Katastrophe. Ich bekam letztes Jahr ein neues Hüftgelenk. Als man mich nach der OP in mein Zimmer schob, war die erste Frage: „Wollen Sie eine Windel?" Was??? Ich??? Nein!!!

Es war kein Personal da, um mir Wasser zu bringen, also 1 Tag ohne Händewaschen und Zähneputzen, und mein Bett wurde in den 5 Tagen nicht einmal gemacht.

Dann durfte ich nach Hause und wackelte mit meinen Gehstützen los. Zum Glück arbeitet mein bester Freund in einem Sanitätshaus und versorgte mich mit allerlei Hilfsmitteln, unter anderem mit einem Brett, das ich auf die Badewanne legen konnte, um im Sitzen zu duschen. Was für ein Luxus! Duschen! Nur wer hilft mir dabei, nicht auf die Nase zu fallen? Da musste ganz klar ein Pflegedienst her! Meine Helga versprach mir natürlich zu helfen, und obwohl ich das große Glück hatte, meine Pflegerin schon so lange zu kennen und ihr und ihren Fähigkeiten absolut zu vertrauen, hatte ich eine wahnsinnige Angst zu fallen ...

Das erste Mal war ich in der Situation, in der meine Patienten immer sind, nämlich abhängig von dem Menschen, der da vor der Tür steht, ausgeliefert und ängstlich.

Helga beruhigte mich genauso, wie ich auf der Arbeit immer rede: „Du fällst doch nicht, an mir kommst du nicht vorbei, ich habe noch nie jemanden fallen lassen, und ich mache meinen Job schon sehr lange." Natürlich ging es gut, die Dusche war das reine Vergnügen, und ich freute mich jeden Morgen, wenn Helga vor der Tür stand, um mir in die Socken zu helfen, ein Kaffee und ein nettes Gespräch, so macht Pflege Spaß.

Wir nennen unseren Pflegedienst auch den Patientenverwöhndienst, und das nehmen wir sehr ernst. Wir hetzen unsere Patienten nicht, und ich hetze meine Mitarbeiter nicht und verwöhnen tue ich sie natürlich auch ...

Dafür sind sie mir treu.

Betreuung

Wenn man nicht mehr in der Lage ist, sinnvolle Entscheidungen zu treffen, hat man mit viel Glück einen Angehörigen, der das übernimmt. Sollte das nicht der Fall sein, steht einem ein gesetzlicher Betreuer zur Verfügung. Dieser Betreuer kann unter anderem die Verantwortung für alles Finanzielle übernehmen.

Leider gibt es auch in diesem Beruf schwarze Schafe. Einer unserer Patienten klagte ständig über Hunger, obwohl der Betreuer offiziell einkaufen ging. Als wir den Vorratsschrank öffneten, kamen uns lediglich ein paar traurige Nudeln entgegen.

Wir besorgten unserem Patienten Nahrung, doch es kam noch schlimmer! Eines Tages zeigte er uns die Kündigung seiner Wohnung, da anscheinend seit Monaten keine Miete mehr bezahlt worden war. Wir konnten das klären, er konnte die Wohnung behalten, und dem gesetzlichen Betreuer wurde sein Amt entzogen.

Wir arbeiten übrigens seit 20 Jahren mit einer gesetzlichen Betreuerin zusammen, die wir sehr schätzen, auf die man sich immer verlassen kann, und für die wir unsere Hand ins Feuer legen würden.

Bezahlung Punktwert

Wie sieht es in der ambulanten Pflege mit der Bezahlung aus? Leider etwas kompliziert. Theoretisch bekommen wir, wenn wir einen Patienten duschen, 24,23 Euro. Praktisch sind es aber erst mal 370 Punkte. Ich muss die 370 multiplizieren mit 0,0655 und, hurra, komme auf 24,23.

Für eine Patienten-Rasur bekomme ich 50 Punkte, das sind 3,27 Euro. Was ein sehr bescheidener Betrag ist, wenn man bedenkt, dass im Alter viele Falten am Hals entstehen, und der Patient, der oft einsam ist und niemandem begegnet außer uns, mir während der Rasur freudig erzählt, was ihn gerade so beschäftigt ...

Für hauswirtschaftliche Hilfe werden wir mit einem Zeitwert bezahlt, der ist aber pro 5 Minuten nur 50 x 0,0491 Punkte wert, das sind bescheidene 2,45 Euro.

Mein Vater hat immer wieder behauptet, ich hätte mehr Glück als Verstand, aber da ich schon sehr viel Glück hatte, hat das nichts zu heißen ... Ich habe trotzdem nie begriffen, warum diese Punkte sein müssen.

Ein weiterer Nachteil für unsere Bezahlung ist, dass wir jeden Handschlag einzeln abrechnen müssen, selbst das Kämmen muss extra aufgeführt werden, was bei den sparfuchsigen Patienten dazu führt, dass sie viele Hilfsangebote streichen, es kostet ja extra. Das Ergebnis: Meine Bezahlung bleibt bescheiden, das gepflegte Äußere lässt zu wünschen übrig, und die Nachbarn fragen sich, was für eine lausige Arbeit dieser Pflegedienst macht!

Eine weitere Ungerechtigkeit ist, dass wir genauso viel Geld bekommen, wenn wir einen Schwerstpflegebedürftigen im Bett waschen. Manche Patienten haben Angst und wehren sich, viele können gar nicht mithelfen, und ich habe einen schweren Job, der meinen Rücken extrem belastet.

Der Patient, der allein in die Dusche marschiert und lediglich seinen Rücken gewaschen haben möchte, ist dagegen ein Spaziergang, alles für 24,23 Euro.

Viele Pflegedienste geben ihren Mitarbeitern per Handy eine Stechuhr mit. Sie müssen sich bei jedem Patienten einloggen und nach getaner Arbeit wieder ausloggen, die Zeit wird genau festgelegt; wenn der Mitarbeiter im Stau steht, hat er Pech gehabt.

Das hat zur Folge, dass kaum jemand bereit ist, diesen Job zu machen. Man glaubt mir nicht, dass wir nicht hetzen, und auch ich habe große Probleme, Personal zu finden.

Bruno

Einer unserer Patienten liebte nichts mehr, als Süßes zu essen und Fernsehen zu gucken. Ich war immer sonntags bei Bruno und bereitete ihm einen Teller mit Himbeeren und Keksen.

Da er sich Namen nicht so gut merken konnte (außer den Namen Helga, dazu später), war ich die Frau mit den Himbeeren ...

Helga war für ihn die wichtigste Bezugsperson, oft hatten wir die Situation, dass ich in seine Wohnung kam, er mich sah, die Augen wurden groß, und er sagte zu mir: „Gell, die Helga kommt aber auch noch?" Es tat mir immer so leid, ihn enttäuschen zu müssen!

Seine Liebe zum TV wurde grenzwertig, als er alles für bare Münze nahm, was da passierte: Es lief ein Krimi, und er alarmierte die Polizei, er sagte, die Einbrecher wären in seinem Keller! Wir beschlossen, ihn nur noch Tierfilme anschauen zu lassen, bis er eines Morgens, als Helga seine Wohnung betrat, rief: „Helga! Die Elefanten kommen!"

Dackel Hexe

Der schönste Pflegeeinsatz war bei einer sehr betuchten Dame. Sie wollte unbedingt eine Pflegerin, obwohl ihre Wünsche nichts mit Pflege zu tun hatten und sie die Rechnung privat bezahlen musste. Sie wohnte in einer sehr großen Villa mit einem parkähnlichen Anwesen. Es war alles sehr gepflegt.

Meine erste Aufgabe war, ihr großes Namensschild aus Messing zu polieren. Anschließend machte ich einen langen Spaziergang mit ihrem geliebten Dackel Hexe. Der Weg war genau vorgeschrieben, was der Hund super fand und ich auch ...

Nach dem Spaziergang war Teestunde, das erlesene Porzellan, Gebäck und Tee standen schon im Salon bereit. Es folgte ein sehr nettes Gespräch. Solche Einsätze sind so perfekt wie selten.

Der General

Das Pflegepersonal muss auch auf besondere Wünsche des Patienten eingehen können. Weibliche Patienten haben fast immer den Wunsch: keine männlichen Pfleger! Sie haben generationsbedingt sehr viel Schamgefühl, auch des Öfteren bei Pflegerinnen.

Selbst Maria sagte mit erhobener Stimme: „An meinen Hintern darf niemand!" Es hat sehr viel Mühe und Überzeugungskunst gekostet, sie zu überreden, sich helfen und pflegen zu lassen. Irgendwann hat es dann funktioniert.

Männliche Patienten sind dagegen sehr offen und haben es gerne, wenn Pflegerinnen sie versorgen, am besten natürlich junge ...

Es kommen dann auch öfter Sprüche, wie zum Beispiel: „Ist alles im Körbchen?" Oder: „Ist der General gut eingepackt?"

Es ist zum Schmunzeln, aber es gab bei mir noch keine sexuellen Übergriffe. Alle sind immer sehr freundlich und dankbar, dass es mich gibt.

Else

Was mich immer zum Staunen bringt, sind die dementen Patienten, so wie Else: Sie lebte in einem wunderschönen Haus, hatte eine 24-Stunden-Betreuung, und ich ging zweimal die Woche zu ihr, um die Pflegerin zu entlasten.

Alles war Else fremd, sie hatte keinerlei Erinnerung an ihr früheres Leben, aber das Singen und Tanzen hatte sie nicht vergessen.

Ich machte das Radio an, und bei Walzertönen tanzte sie mit mir. Auch sämtliche Volkslieder kannte sie auswendig, alle Strophen! Ich war sehr beeindruckt. Ihre Lieblingssängerin war Zarah Leander, sie kannte alle Lieder und den kompletten Text dazu ...

Ich sang mit ihr die Leander-Lieder und spürte, dass ich sie damit sehr glücklich machte.

Gefahren

Welche Gefahren lauern in unserem Job? Da sind einmal die Dementen, die jegliche Hilfe ablehnen, und uns Gewalt androhen, wenn wir nicht sofort verschwinden!

Meistens ist das nicht wirklich gefährlich, da im Alter die Kraft und die Schnelligkeit nachlassen, aber da ich niemanden zwingen kann, muss ich irgendwann das Handtuch werfen und aufgeben. Einmal bekamen wir ein sehr nettes Ehepaar, das einen leider nicht so netten Hund besaß. Er wollte die beiden vor allen Fremden beschützen und musste weggesperrt werden, bevor wir das Haus betraten. Eines Tages wurde das vergessen …

Ich kam in das Zimmer meiner Patientin, und der Hund lag unter ihrem Pflegebett. Ich habe schon mein halbes Leben lang selbst Hunde und bin nicht ängstlich. Außerdem dufte ich dadurch sehr interessant (zumindest für andere Hunde). Ich versuchte, den Hund unter dem Bett hervorzulocken, aber ich hatte keine Chance. Die Zeit lief mir davon, also begann ich mit meiner Arbeit. Dabei musste ich meiner Patientin nahekommen, und da schoss der Hund unter dem Bett vor, sprang hoch und biss mir in den Oberarm.

Die Patientin war sehr geschockt, und der Spruch: „Das hat er aber noch nie gemacht!" sorgt bei Hundebesitzern immer für Lachtränen. Es war halb so wild, die Wunde heilte schnell, ich habe keine Narbe behalten.

Richtig gefährlich für unsere Rücken sind Betten, die die Höhe eines Wasserkastens nicht überschreiten.

Ein Pflegebett kann man in exakt die Höhe bringen, die der Rücken benötigt, um gesund zu bleiben. So mancher Patient möchte sich aber auf keinen Fall von seinem geliebten Bett trennen. Da bleiben wir hart, entweder rückengerecht oder gar nicht.

Wir kommen natürlich auch manchmal in die Situation, dass ein Patient sich neben den Stuhl gesetzt hat und allein nicht mehr aufstehen kann, das tut je nach Gewicht des Patienten mehr oder weniger weh …

Geflügelzüchter

Ich habe viele Patienten und Angehörige mit besonderen Hobbys getroffen. Unter anderem: Hobbyjäger, Gärtner, Rennradfahrer und Geflügelzüchter.

Der Hobbyjäger war der Sohn einer Patientin, er ging regelmäßig auf die Jagd. Wir kamen ins Gespräch, und er erzählte mir, welche Tiere er erlegt hatte und was dabei zu beachten ist. Eines schönen Tages bat er mich, ihn in den Keller zu begleiten, und was hing an zwei Haken? Ein Wildschwein!

Er fuchtelte mit einem riesigen Messer herum und wollte mir zeigen, wie man es zerlegt. Das konnte und wollte ich mir nicht ansehen ... Ich bat ihn, wenn alles vollbracht wäre, mir einen schönen Braten zu schenken. Nach Wochen hat er sein Versprechen eingelöst, und der Braten hat mir wunderbar geschmeckt.

Bei meinem Rennradfahrer musste ich mich vorher informieren, welches Rennen stattgefunden und wer gewonnen hatte. Es waren sehr intensive Gespräche, ansonsten war Stille ...

Die Gärtnerin hatte einen wunderschönen Park mit meterhohen Kamelien in allen Farben und einen Seerosenteich. Ich war begeistert und wusste anschließend alles über die Pflege der Pflanzen. Ich hatte leider keinen grünen Daumen, bei mir zu Hause hatten die Kamelien keine Chance.

Die Geflügelzüchterin hatte ein großes Anwesen, unter anderem eine Geflügelvoliere. Nach der Pflege und Hauswirtschaft verlangte sie von uns, die Hühner zu füttern. Ich hatte damit Probleme und warf das Futter ins Gehege ...

Eine meiner Kolleginnen machte das Gatter auf, und die Hühner flatterten davon! Das war für die Patientin schrecklich, und es gab viele Diskussionen. Da wir nicht gewillt waren, die Hühner weiterhin zu versorgen, wurde uns fristlos gekündigt!

Wir waren alle sehr glücklich über die Kündigung, und wir waren uns im Team einig, dass wir nie wieder Hühner füttern würden!

Geld unter Matratze

Eine meiner Patientinnen besaß ein Haus, bewohnte aber nur das Erdgeschoss und vermietete den ersten Stock. Sie lebte sehr spartanisch, es gab kein heißes Wasser, keinerlei Luxus, ihre Kleidung war alt und verschlissen. Die Wohnung war in einem erbärmlichen Zustand. Eines Tages stürzte sie und lag vor ihrem Bett. Ich rief einen Notarzt, der mir sagte, dass die Patientin zur Untersuchung in die Klinik müsse. Daraufhin befahl mir die Patientin, ihre Matratze hochzuheben ...

Halleluja!!! Alles war voller Geldscheine! Ich nahm eine Reisetasche und packte das Geld ein. Ich wollte damit nicht allein bleiben, aber der Notarzt weigerte sich, das Geld mitzunehmen. Also rief ich meine Chefin an und verlangte von ihr, dass sie kommt, um die Geldtasche abzuholen. Wir haben in all den Jahren der Pflege nie einen Angehörigen gesehen, aber als die Patientin schließlich tot war, kamen so einige ...

Hans

Einer meiner Lieblingspatienten war Judo-Trainer und machte sich mit einer Kampfsportschule selbstständig. Er verkalkulierte sich ziemlich und musste Insolvenz anmelden.

Als ich ihn kennenlernte, wohnte er in einer kleinen Hochhauswohnung und lebte von einer bescheidenen Rente und Sozialhilfe. Aber er bestand darauf, dass wir das Pfandrückgabegeld behielten, und ich musste einmal im Monat kleine Umschläge mit je 5 Euro für meine Mitarbeiter füllen.

Sein Gebiss drückte ihn fürchterlich, er hatte abgenommen, und deshalb war es zu groß, ein neues konnte er sich nicht leisten, und so trug er es nur, wenn wir einen Arzttermin hatten. Er konnte trotzdem ohne Probleme Schnitzel verdrücken, und die größte Freude konnte ich ihm machen, wenn ich Gulasch kochte.

Er teilte es in möglichst viele kleine Portionen auf, um lange was davon zu haben.

Wenn ich mich in den Urlaub verabschiedete, sagte er sehr ernst zu mir: „Komm du ja gesund wieder! Du wirst hier noch gebraucht!" Er starb an Lungenkrebs, und jedes Mal, wenn ich an dem Hochhaus vorbeifahre, denke ich an ihn und vermisse ihn.

Hilde im Nachthemd

Unsere Hilde war auch eine ganz besondere Patientin. Sie lebte allein in einer Zweizimmerwohnung im ersten Stock. Am Anfang des Pflegeeinsatzes ging alles super, sie konnte noch vieles bewältigen. Aber mit der Zeit und dem zunehmenden Alter ging einiges schief: Der Herd wurde nicht mehr abgeschaltet, es herrschte sehr viel Unordnung, und sie wurde misstrauisch gegenüber anderen Menschen. Ihre Tochter und ich wurden von ihr akzeptiert, alle anderen wurden von ihr mit einem Stock und viel Geschrei vertrieben.

Also wechselten wir uns mit den Einsätzen ab. Eines schönen Tages musste ich dringend einen Friseur bestellen, da die Haarpracht aus dem Ruder lief. Leider ging das schief, und der Stock kam wieder zum Einsatz. Es blieb mir nichts anderes übrig, als selbst Hand an die Haare zu legen. Ich bin leider keine Friseurin, aber Hilde gefiel sich sehr! Sogar den Damenbart durfte ich entfernen ...

Hilde konnte sehr schlecht laufen, aber eines Tages kletterte sie aus ihrem Pflegebett, ging ganz allein die Treppe runter, was sie sich davor schon sehr lange Zeit nicht mehr getraut hatte, und lief im Nachthemd aus dem Haus und auf und davon.

Sie wurde von der Polizei aufgegriffen und in ein Pflegeheim gebracht. Ich habe sie dort oft besucht und wurde immer freudig empfangen.

Hygiene

Hygiene ist in unserem Job natürlich absolutes Pflichtprogramm. Theoretisch. Praktisch sieht es etwas anders aus. Dazu haben wir ein schönes Beispiel: die Waschschüsseln.

Wenn wir einen Patienten im Bett waschen müssen, benötigen wir eine Waschschüssel, die bestenfalls nicht schon 40 Jahre alt ist (darin habe ich schon meinen Sohn gebadet), möglichst ohne Risse, ohne Jahrzehnte alte Dreckränder, die sich ins Plastik gefressen haben, und am besten noch mit zwei Henkeln dran. Auf unsere vorsichtige Frage, ob wir eine neue bekommen könnten, hören wir oft: „Die geht doch noch!"

Neulich reichte es uns, und wir erstanden in einem Supermarkt für ganze 2 Euro eine wunderschöne, neue, rote Waschschüssel. Wir waren happy. Drei Tage später war die Schüssel weg! „Wo ist unsere Schüssel???" Auf unsere Frage kam die verschämte Antwort, der Sohn habe Kiwis geerntet und sie gebraucht. Seitdem war die Schüssel beim Nachbarn, dem man ein paar Kiwis gebracht hatte. Wir waschen wieder mit der antiken ...

Kofi

Unser Liebling heißt Kofi und wurde in Ghana geboren. Er ist der einzige Patient, dessen richtigen Namen wir (mit seiner ausdrücklichen Erlaubnis) nennen. Er kam vor ca. 50 Jahren nach Deutschland und arbeitete als Autolackierer. Keine Überstunde war ihm zu viel, er war gesellig, hatte viele Freunde, ging gerne in Discos, liebte Autos und war für jeden Spaß zu haben. Er trank keinen Tropfen Alkohol und hat nie geraucht. Trotzdem erwischte es ihn aufs Übelste, er bekam einen heftigen Schlaganfall und ist seitdem halbseitig gelähmt. Nach dem Krankenhausaufenthalt hat man ihn in ein Pflegeheim gesteckt, in dem er vor Kummer fast gestorben wäre.

Der Heimleiter hatte ein Herz für ihn und suchte eine behindertengerechte Wohnung. Der Sohn des Heimleiters war Schreiner und baute die Küche rollstuhlgerecht um, dann wurde ein Pflegedienst gefunden, und es konnte nach Hause gehen. Aber da Kofi erst 50 Jahre alt war, bekam er nur eine bescheidene Rente und war auf das Sozialamt angewiesen. Einen Teil der Rechnung an das Sozialamt zu schicken, war damals bei den Pflegediensten sehr unbeliebt, da man dem Geld hinterherlaufen musste. Also rief dieser Pflegedienst mich an und fragte, ob ich den Patienten übernehmen möchte. Ich sagte zu und traf mich mit dem Heimleiter in der Wohnung, die nun Kofis Zuhause werden sollte. Wir nahmen ihn am 8. 1. 1998 dort in Empfang, er gab mir zur Begrüßung die Hand und sagte: „Ich bin der Kofi." Das ist jetzt unglaubliche 26 Jahre her, wir haben in dieser langen Zeit so viel zusammen erlebt, dass er für mich wie ein Bruder ist, und wenn er zu mir sagt: „Sister, I love you" geht mir das Herz auf.

Er hat natürlich in dieser langen Zeit auch viele Pflegerinnen erlebt, und er sagt, allein darüber könnte er ein Buch schreiben ...

Korsakow

Sehr viel Geduld ist erforderlich bei der Versorgung von Korsakow-Patienten. Das Korsakow-Syndrom entsteht unter anderem nach starkem Alkoholmissbrauch und ist nicht heilbar.

Der Patient ist sehr verwirrt, sein Kurzzeitgedächtnis sowie sein Langzeitgedächtnis sind komplett im Eimer. Entdeckt hat diese Krankheit ein Psychiater namens Korsakow, der 1854 in Russland geboren wurde und leider schon mit 46 Jahren an Herzversagen starb. Eine Patientin mit dieser Diagnose wurde morgens von mir im Bett gewaschen, und unser Dialog war folgender: „Wo bin ich?" – „Sie sind zu Hause in Ihrem Bett." – „Ah ja. Wo bin ich?" – „Sie sind zu Hause in Ihrem Bett." – „Ah ja. Wo bin ich?" – „Sie sind zu Hause ..."

Nach einer halben Stunde überkam mich häufig das dringende Bedürfnis zu flüchten, mein Schädel brummte, und ich brauchte eine längere Pause, bevor ich zum nächsten Patienten gehen konnte. Mein Tipp an alle, die lebensmüde sind und sich zu Tode trinken möchten, denkt an mich und meine Worte: Manchmal ist die Leber stärker als das Gehirn, die Leberzirrhose bleibt aus, dafür liegt man lange völlig hilflos in einem Pflegebett und hat buchstäblich nichts mehr im Hirn ...

Dagegen sind demente Patienten, die kein Kurzzeitgedächtnis mehr haben, aber sehr glücklich in der Vergangenheit leben, oft sehr angenehme Patienten. Manche liegen in ihrem Pflegebett, das Bettgitter zu ihrem Schutz nach oben gezogen, und bitten uns, sie doch bitte rauszulassen, sie müssten doch in die Schule! Und wo ist denn die Mama? Auf solche Fragen sollte man niemals ehrlich antworten. Das erzeugt Stress und Angst und wird ja doch auch schnell wieder vergessen. Wir spielen das Spiel einfach mit, natürlich stehen wir jetzt auf, und die Mama ist beim Bäcker und kommt gleich ... Dann ist der Patient beruhigt und zufrieden.

Eine echte Herausforderung ist der Alzheimer-Patient. Das ist auch eine Form von Demenz. In der Anfangsphase spürt der Erkrankte sehr deutlich, dass mit ihm was nicht stimmt und versucht, es zu vertuschen. Auf die Frage, wann er denn geboren wurde, antwortet er gerne: „Oh, das ist schon lange her!" Wenn man dann nicht lockerlässt, wird er sehr aggressiv. Er läuft häufig von zu Hause weg und findet nicht zurück, ist gegenüber den Angehörigen auch sehr aggressiv und landet letztendlich meistens in einem Pflegeheim.

Viel Spaß haben wir mit den Patienten, die einfach ein bisschen vergesslich sind, aber so schöne Geschichten von früher erzählen können. Ich fragte eine 90-jährige Dame, was sie denn gestern zu Mittag gegessen habe, und sie antwortete mir: „Das weiß ich doch heute nicht mehr! Aber wie das Kleid aussah, das ich zu meiner Kommunion getragen habe, kann ich dir genau beschreiben."

Malchen

Meine erste Patientin, Malchen, war schon dement, als ich sie kennenlernte, und sie konnte nicht mehr als ein paar Worte sprechen, aber ihre Antwort auf alles, was ich ihr vorschlug, war: „Sie haben ja soo recht!" Sie wurde 103 Jahre alt, und ihr Schwiegersohn fand das nicht so witzig, er musste schließlich den Pflegedienst bezahlen ...

Im Laufe der Jahre übernahm ich neben der Körperpflege immer mehr Aufgaben, wie Wäsche waschen, kochen und einkaufen. Eines Tages stand der Schwiegersohn stinksauer und mit rotem Kopf vor mir, und ich bin furchtbar erschrocken, ich dachte, ich hätte irgendwas ganz Schlimmes verbockt!

Da brüllte er mich auch schon an, was ich mir dabei denken würde, so große Bananen zu kaufen, was die kosten, und für die Schwiegermutter würden kleine ja wohl reichen!

Manager

Wer in der ambulanten Pflege arbeitet, muss eine gute Managerin sein. Bei einer viel geringeren Bezahlung als bei anderen Managern ... Immer neue Haushalte, in denen wir uns schnellstens zurechtfinden müssen. Pflege, Wäsche waschen und sortieren (in welcher Schublade sind noch mal die Socken?), aufräumen,

Müll entsorgen (gibt es in diesem Haushalt einen Abfallkalender?), einkaufen (die Wurst aber nur von diesem Metzger, die Pflegeartikel nur von diesem Drogeriemarkt, das Gemüse bitte nur von diesem Gemüsehändler etc.). Das Zubereiten der Mahlzeiten wird natürlich auch den Vorlieben jedes Einzelnen angepasst. Tiere versorgen, Gassi gehen, Familienstreitereien schlichten, zuhören, trösten, Arzttermine vereinbaren, gemeinsame Spaziergänge unternehmen, haufenweise Rezepte bestellen, viele Apothekengänge usw.

Ach so, und dabei sollen wir natürlich immer freundlich und geduldig bleiben, das kann manchmal sehr anstrengend sein, aber wenn dann ein herzliches Dankeschön von den Lippen der Patienten und Angehörigen kommt, macht das richtig Spaß!

MDK

Einmal im Jahr werden wir Pflegedienste vom Medizinischen Dienst der Krankenkassen (MDK) geprüft und benotet. Wir bekommen tatsächlich eine Note zwischen 1 und 6 wie in der Schule, nur mit dem Unterschied, dass unsere Note öffentlich gemacht wird. Wenn Sie im Internet einen Pflegedienst suchen, sehen Sie zuerst seine Note. Die Prüfer melden sich einen Tag vorher an, und dann gehts los.

Zuerst werden die Patienten befragt, wie zufrieden sie mit uns sind, dann wird das Büro geprüft. Alles, was wir nicht dokumentieren, haben wir offiziell auch nicht gemacht und werden dafür bestraft. Fazit: Wenn ich eine gute Bewertung haben möchte, muss ich sehr viel schreiben und habe weniger Zeit für meinen Patienten. Die Patientenzufriedenheit hat außerdem einen geringeren Stellenwert als die Prüfung der Dokumentation.

Es gibt tatsächlich ein Formular, auf dem man einen Beinahe-Sturz dokumentieren kann. Das liest sich in etwa so: Herr

X strauchelte und wäre beinahe gestürzt, aber ich konnte ihn festhalten, und es ist nichts passiert.

Ich habe meinen Mitarbeiterinnen verboten, das auszufüllen, ich halte es für Papierverschwendung!

Messie

Unser Team wurde von einer Sozialarbeiterin der Stadt gebeten, zu einem Einsatz in ein Einfamilienhaus zu gehen, um eine Patientin zu versorgen, die anschließend in einem Pflegeheim untergebracht werden sollte.

Wir standen vor diesem Haus des Grauens, machten die Tür auf, und da kam uns ein schrecklicher Geruch entgegen. Die Patientin war ein Messie. Kisten, Tüten und Unrat stapelten sich bis unter die Decke. Ein schmaler Gang führte in das sogenannte Wohnzimmer, und auf dem Sofa in der Ecke saß Maria. Klein, abgemagert, verschlissene Kleidung, sehr schmutzig, ihre Finger- und Fußnägel sowie ihre Haare hatten unvorstellbare Dimensionen …

Das Bad war nicht benutzbar. Also hüllten wir sie in Tücher und fuhren mit ihr zu einer Patientin, die sich bereit erklärt hatte, uns ihr Bad zur Verfügung zu stellen, und so konnten wir Maria gründlich waschen. Sie genoss es außerordentlich, war überglücklich, sehr dankbar und fühlte sich pudelwohl.

In der Pflegeeinrichtung blühte sie richtig auf und hatte noch ein paar wunderbare Jahre.

Ihr Haus wurde abgerissen und das Anwesen verkauft. Dank der Sozialarbeiterin und der Nachbarn wurde Maria ihre Würde zurückgegeben.

Mir brennt der Kittel

Wie Dialekte zu Missverständnissen führen können:

Eine tolle Erfindung, die wir allen Patienten besorgen, ist ein Not-Telefon. Es funktioniert ähnlich wie ein Telefon, aber der Patient hat ein Armband, auf das er nur drücken muss, um einen Kontakt zur Notfallzentrale zu bekommen, sollte er Hilfe benötigen. Diese Hilfsorganisationen haben einen Schlüssel für die Wohnung, und wenn der Patient auf sein Armband drückt, wird er gefragt, welche Hilfe er benötigt.

Manche Patienten sind gestürzt und können nicht ohne Hilfe aufstehen, andere haben akute Herzprobleme, und je nachdem kommt Hilfe gemächlich oder mit Blaulicht.

Unsere Patientin drückte nachts den Notruf, und auf die Frage der Zentrale, was ihr fehle, sagte sie: „Mir brennt der Kittel!!!" Daraufhin orderte der Mann in der Zentrale die Feuerwehr, die Polizei und den Rettungswagen.

Er war leider kein Hesse, denn die sagen: „Mir brennt der Kittel", wenn sie es eilig haben, die Patientin musste lediglich dringend auf die Toilette ...

Oma

Warum bin ich Altenpflegerin geworden?

Meine Oma war die allerbeste, geduldigste, liebevollste, offenherzigste Oma der Welt. Ich war zu jeder sich bietenden Gelegenheit bei ihr. Niemals werde ich die Sonntage vergessen, an denen ich mit ihr in der Badewanne sitzen durfte, (ich war noch klein, sonst hätten wir da nicht beide reingepasst ...), und ich bekam einen Waschlappen in die Hand und durfte sie schrubben.

Meine Oma war klein und mollig, und alles an ihr war weich und roch so gut! Später brachte sie mir alles bei, was man zum Leben braucht, sie konnte fantastisch kochen, es war ihr nicht peinlich, mit mir über Verhütung zu sprechen, was ja mit den Eltern schwierig werden konnte ... Mein Papa sagte mal zu mir: „Mach du erst mal dein Abitur, dann können wir über die Pille reden!" Da ich in der 11. Klasse vom Gymnasium direkt ins Altenheim arbeiten ging, habe ich mich seinem Befehl widersetzt ...

Eine Weisheit meiner Oma, die ich absolut hinreißend finde, lautet: „Es werden jeden Tag hundert Dumme geboren und einer, der sie alle ausnimmt."

Ich habe schon so oft erlebt, dass meine Antwort auf die Frage, was für einen Job ich mache, entsetzte Gesichter hervorrief und ein rigoroses: „Das könnte ich nicht!".

Dann denke ich an meine Oma und bin unendlich dankbar, dass ich eine Arbeit machen darf, die mir Spaß macht.

Pflegende Angehörige

Wenn ein Familienmitglied pflegebedürftig wird, sind in der Regel wir Frauen in der Pflicht. Pflegeheime sind teuer, und wenn man Pech hat, nimmt zurzeit kein Heim neue Patienten auf. Einige Heime mussten wegen Personalmangels zuerst die Bewohnerzahl reduzieren und dann schließlich Konkurs anmelden.

Wenn man einen Angehörigen zu Hause pflegt, ohne sich von einem Pflegedienst unterstützen zu lassen und die Pflegeversicherung in Anspruch nimmt, muss man regelmäßig einen Beratungseinsatz von einer Fachkraft nachweisen, ansonsten kürzt die Krankenkasse das Pflegegeld.

Bei diesen Einsätzen erlebe ich viele tragische Schicksale. Schwerstbehinderte Kinder, für die es keinen Betreuungsplatz gibt, die irgendwann erwachsen werden, gewindelt werden müssen, jede Menge Kraft haben und sich wehren, wenn sie gerade nicht das möchten, was nötig wäre.

Für die Eltern ist das nicht nur ein 24-Stunden-Job, der einhergeht mit ständigem Schlafmangel, sondern auch eine finanzielle Belastung, da ein Elternteil immer anwesend sein muss. Viele Ehen zerbrechen an dieser unglaublichen Aufgabe. Oft muss man auch kämpfen um dringend benötigte Hilfsmittel, die Krankenkassen verlangen viel Bürokratie, an der man sich manchmal die Zähne ausbeißen kann … Viele Angehörige wissen auch gar nicht, welche Hilfen ihnen zustehen. Auch demente Eltern können eine echte Herausforderung im Alltag sein, sie fordern viel Hilfe ein, ohne zu bemerken, was das für die Angehörigen bedeutet.

Manchmal dauert es sehr lange, bis diese Angehörigen sich unsere Hilfe holen, und ich erlebe sie völlig am Ende ihrer Kräfte. Liebe pflegende Angehörige, holt Euch rechtzeitig Hilfe! Wir machen es vielleicht anders als Ihr, aber das Ergebnis muss deshalb nicht schlechter sein.

Rasputin

Ich muss zugeben, dass ich mir für manche Patienten einen Spitznamen ausgedacht habe. Zum Beispiel Rasputin. Ein älterer Patient, der sehr füllig war und einen riesigen und sehr langen Bart hatte. Ich fand, der Name passte zu ihm. Am Anfang war er sehr träge, er hat kaum gesprochen, und mit Bewegung hatte er auch nichts im Sinn. Aber nach ca. einem Vierteljahr wurde er immer zugänglicher, und wir wurden Freunde.

Er war ein besessener Angler und hat mir genau erklärt, welche Angel für welchen Fisch zu benutzen war. Es war sehr interessant, ich habe trotzdem nie mit dem Angeln angefangen. Irgendwann wurde auch sein Bewegungsdrang besser, und wir konnten mit seinem Rollator im Garten spazieren gehen. Sein Bart war immer noch lang, trotz mehrfacher Versuche, ihn zum Rasieren zu bewegen.

Aber eines Tages bat er mich, seinen Bart zu entfernen, was ich sofort in Angriff nahm! Er sah super aus, und seine Familie freute sich sehr über seine Verwandlung.

Ich bin glücklich, ihn getroffen zu haben, und habe heute noch Kontakt zu seinem Sohn.

Spitznamen sind für uns generell eine praktische Sache, da wir ja Schweigepflicht haben, und unser monatliches Meeting gerne auch mal im Restaurant stattfindet. Da dürfen wir natürlich keine Namen nennen. Man muss nur sehr aufpassen, dass man im Eifer des Gefechts nicht aus Versehen Patienten oder Angehörige mit dem Spitznamen anspricht. Eine Kollegin nannte die Tochter einer Patientin aus Versehen Prinzessin Eisenherz.

Unser Lieblingsspitzname war der Honigbär. Er liebte nichts mehr als unsere gebackenen Pfannkuchen, und da musste viel Honig drauf! Er saß in der Küche, während wir am Herd standen, und beobachtete mit leuchtenden Augen, wie wir brutzelten.

Jedes Mal rief er rechtzeitig: „Jetzt kriegt er schon Farbe!" Wir hatten viel Spaß dabei, ihm beim Essen zuzuschauen, und er hatte viel Spaß mit seinem Pfannkuchen. Mindestens einmal pro Woche war das Pflichtprogramm.

Meine Kollegin und ich haben zusammen genommen 3 Kinder und 3 Enkel großgezogen und in unserem Leben gefühlte 95 000 Pfannkuchen gebacken, und wir schwören, dass wir das zur Not auch im Schlaf beherrschen.

Restaurantbesuche

Ein Restaurantbesuch ist für viele Patienten eine sehr willkommene Abwechslung. Selbst zu kochen ist oft nicht mehr möglich, die Alternativen sind dann meistens Fertigessen oder

Essen auf Rädern, damit lockt man keinen so wirklich hinter dem Ofen vor.

Das erste Auswahlkriterium für ein Restaurant ist aber nicht das Angebot auf der Speisekarte oder die Preislage. Ich muss zuerst herausfinden, ob der Eingang ebenerdig, also behindertengerecht ist. Dann muss ich schauen, ob es sich mit den Toiletten ebenso verhält, weil es sich im Alter ja leider so verhält, dass man, wenn man muss, eher dringend muss ...

Dann gibt es sehr freundliches Servicepersonal, das Verständnis für Menschen mit Behinderung mitbringt, und solches, das uns am liebsten rauswerfen würde.

Manche Erkrankungen, wie z. B. Parkinson, führen dazu, dass der Patient fürchterlich zittert, was wiederum dazu führt, dass so manche Gabel in hohem Bogen zu Boden fällt.

Dann haben wir die Schwerhörigen, die im Restaurant mit den vielen Hintergrundgeräuschen noch schlechter hören, und dann wird es etwas lauter.

Es ist auch schon vorgekommen, dass die Haftcreme während des Schnitzelessens versagt hat, und mein Patient plötzlich sein Gebiss in der Hand hatte! Das ist tatsächlich gewöhnungsbedürftig. Aber die Gespräche sind immer sehr schön und hochinteressant, ich höre Geschichten aus der Vergangenheit. So viele unterschiedliche Schicksale, lustige, traurige, dramatische, spannende.

Rund-um-die-Uhr-Betreuung

Manchmal versorgen wir Patienten, die so schwerstpflegebedürftig sind, dass sie 24 Stunden am Tag Hilfe benötigen. Da wir das nicht leisten können, und auch die Angehörigen oft an ihre Grenzen kommen, bleibt die Alternative, eine 24-Stunden-Pflegerin zu engagieren, die meistens aus einem nicht EU-Land stammt und damit ihre ganze Familie ernährt.

Das bringt der Pflegerin erst mal enormen Stress, da sie unsere Sprache kaum beherrscht, keine adäquate Ausbildung hat, für lange Zeit ihre Familie verlassen muss und natürlich auch nicht weiß, was auf sie zukommt.

Ein Beispiel für diese Situation ist ein junger, querschnittsgelähmter Mann, der sehr intensive Pflege benötigt.

Er hat eine 24-Stunden-Kraft erlebt, die nach einem Tag die Beine in die Hand nahm und wieder abreiste.

Eine andere Pflegerin ertrank ihren Frust oder ihre Angst im Alkohol und lag bei unserer Ankunft betrunken in der Badewanne.

Eine ganz abgebrühte Dame stahl, was nicht festgenagelt war, und musste ebenfalls nach Hause geschickt werden, und er stand wieder mal ohne Hilfe da.

Und dann gibt es die unglaublich geduldigen und liebevollen Pflegerinnen, die Tag und Nacht bereit sind zu helfen, ihre Arbeit mit Herz verrichten und die letzte Rettung sind für solche Patienten, denen ansonsten nur das Pflegeheim bliebe.

Wir bewundern sie sehr dafür. Eine deutsche Fachkraft wäre unbezahlbar und außerdem kaum bereit, für so einen Job die Familie und oft kleine Kinder für viele Wochen zu verlassen.

Schäferhund

Morgens um 7 Uhr begann mein Dienst, ich hatte eine neue Patientin, wurde eingewiesen und bekam einen Schlüssel für die Wohnung. Von außen sah ich ein schönes Einfamilienhaus, es war noch dunkel, und ich konnte den Lichtschalter nicht finden. Plötzlich starrten mich zwei Augen an! Mein Herz blieb fast stehen!

Endlich fand ich den Lichtschalter, und vor mir saß ein wunderschöner Schäferhund, aber Gott sei Dank: Er war präpariert.

Leider hatte es auch einen traurigen Grund, dass er so vor mir saß.

Sein Herrchen war gestorben, und der Hund hatte ihn so vermisst, dass er jeden Tag auf den Friedhof gelaufen war und sich auf sein Grab gelegt hatte. Die Familie hatte alles versucht, ihn davon abzuhalten, aber leider vergebens. Er musste schließlich eingeschläfert werden, weil er vor Trauer krank geworden war.

Um ihm ein Andenken zu setzen, ließ die Familie ihn ausstopfen und gab ihm einen Ehrenplatz im Wohnzimmer.

Ich habe mich mit ihm angefreundet, solche Situationen gibt es selten, und ich habe über den Schreck, der mir in die Glieder gefahren war, herzlich gelacht.

Schweißtreibende Arbeit

Unsere Arbeit ist sehr viel schweißtreibender, als man es sich vorstellt. Alte Menschen (die meisten jedenfalls), frieren wie verrückt, und dazu kommt natürlich, dass sie bei der Körperpflege nackt sind und wir nicht ... Auch im Sommer, bei 30 Grad im Schatten, müssen wir die Dusche schön heiß aufdrehen und sind nach getaner Arbeit klatschnass.

Im Winter stehen die Heizungen auf gefühlten 30 Grad, weshalb wir auch dann unsere Sommer-Dienstkleidung tragen. Es gibt aber noch ein paar Steigerungen des Ganzen:

Rollende Heizkörper, die Strom fressen, um in Fahrt zu kommen, und direkt neben der Dusche platziert werden können, sind schon eine Herausforderung, aber da geht noch was!

Die echten Monster kamen nach dem Zweiten Weltkrieg in Mode und schimpfen sich Heizstrahler!

Sie sind leider noch nicht ausgestorben und befinden sich in der Regel unter der Decke, so wenig wie möglich von der Dusche entfernt und brennen der Pflegerin auf den Rücken. Ich schwöre, würden wir ein halbes Hähnchen darunter hängen, wäre es nach der Pflege gar. Man kann das Ganze natürlich durchaus positiv sehen, denn durch den ständigen Wechsel von heiß zu kalt haben wir einen schönen Sauna-Effekt, der uns zuverlässig vor Erkältungen schützt und uns abhärtet. Danke, Ihr lieben verfrorenen Patienten!

Sexualität im Alter

Sexualität im Alter wird gerne totgeschwiegen, sie verschwindet aber nicht einfach so. Wohin mit der Lust, wenn der Partner nicht mehr da ist?

Ich war erst kurz selbstständig, gerade mal 25 Jahre alt, und hatte keine Ahnung. Ich trug eine kurze Leggins, was für einen Mann, der zwei Generationen älter war als ich, wahrscheinlich aussah, als käme ich in Unterhosen. Der Patient hatte einen Schlaganfall gehabt, er war sehr freundlich.

Ich habe ihn auf dem Toilettendeckel sitzend gewaschen, und als ich ihm dann beim Aufstehen half und dabei beide Hände an seiner Hüfte hatte, nutzte er die Gelegenheit und griff mir zwischen die Beine. Ich war stinksauer und pfefferte ihn zurück auf den Toilettendeckel. Dann hielt ich ihm eine gehörige Moralpredigt und sagte ihm ganz klar, dass er keinen Pflegedienst mehr haben wird, sollte das noch mal vorkommen. Anschließend war er sehr still und bedrückt, ich beendete meine Arbeit und ging.

Abends, es war mein zweiter Einsatz bei ihm an diesem Tag, erwartete mich sein Bruder an der Tür und erzählte mir, dass mein Patient heute völlig durch den Wind sei, er wäre gestürzt und habe sich eine Rippe angebrochen.

Oh weh, das tat mir sehr leid, er war schließlich mein Schutzbefohlener, und ich fühlte mich nun mitschuldig.

Ich achtete von dem Tag an sehr darauf, mich nicht allzu freizügig zu kleiden, bat auch meine Mitarbeiterinnen darum, keine kurzen Röckchen oder tiefe Ausschnitte zu tragen, und ich hatte keine Probleme mehr in dieser Beziehung.

Natürlich gibt es immer mal Patienten, die sich in eine junge Mitarbeiterin verlieben, in dem Fall sind wir grundsätzlich verheiratet und haben sehr eifersüchtige Ehemänner! Das hilft ungemein...

Sexualität und Demenz sind ein sehr heikles Thema, der Patient weiß nicht mehr, was er tut, lebt einfach nur seine Gefühle aus, und es ist unser Job, uns zu schützen und ihm trotzdem seine Würde zu lassen. Wie viel Nähe wir zulassen, entscheidet jede Pflegerin für sich. Jemanden in den Arm zu nehmen, wenn er traurig ist, ist aber immer drin.

Sparbuch

Eine Patientin floh in jungen Jahren aus dem Osten, sie organisierte das Ganze sehr gut, aber leider musste sie ihre Jugendliebe zurücklassen. Sie heiratete, war nicht glücklich und ließ sich wieder scheiden. Ihre Jugendliebe hörte nie auf, sie zu suchen, und fand sie schließlich.

Er stand einfach vor ihrer Tür, sie war überglücklich, und die beiden beschlossen recht bald, zu heiraten. Bevor es dazu kommen konnte, starb er völlig unerwartet an einem Lungenleiden.

Als wir uns kennenlernten, hatte sie niemanden, der ihr nahestand, außer einer entfernten Verwandten, die hauptsächlich bei ihr aufkreuzte, um Geld zu schnorren, und irgendwann, als meine Patientin schon fast blind war, ihr Sparbuch entwendete und fleißig Geld abhob. Es kam natürlich raus, und der Kontakt wurde abgebrochen.

Wir sprachen während der Pflege viel darüber. Sie war sehr verletzt, und ich versuchte, sie mit dem zu trösten, was sie am glücklichsten machte, nämlich Mittagessen zu gehen in ein schnuckeliges Restaurant.

Wir kannten die schönsten Terrassen im Sommer und die gemütlichsten Sitzplätze im Winter, wir wussten, wer den besten Fisch zubereitete und wer das zarteste Schnitzel hinbekam. Eines Tages, ich cremte ihr gerade den Rücken ein, fragte sie mich, ob ich ihr Erbe antreten würde. Was??? Ich??? Mir fiel die Kinnlade runter, ich war sprachlos, was mir selten passiert, und meine Patientin wurde ungeduldig und sagte: „Ja, was denn jetzt?"

Ich antwortete ihr, dass man in meinem Job nicht genug verdient, um so etwas ausschlagen zu können.

Gesagt, getan, wir gingen zum Notar, regelten alles, und ich versprach ihr, dass ich nach ihrem Tod ihre Beerdigung organisiere, ihre Wohnung räume und alle Formalitäten erledige.

Sie starb mit 92 Jahren. Eine Wohnung der Baugenossenschaft zu übergeben, ist eine heikle Sache, die Wohnung muss in dem Zustand sein, in dem sie vor dem Einzug gewesen war, was nach 60 Jahren fast unmöglich ist. Auch diesmal rettete mich mein bester Freund, und wir schafften es.

Der Bank brachte ich den Totenschein und meine Vollmacht. Ich überwies zuletzt die Rechnung für die Beerdigung und schaute ein letztes Mal in ihren Briefkasten. Darin lag ein Brief von der Bank, der an die Tote adressiert war!

Ich öffnete ihn und las: „Sehr geehrte Frau ... Die Rechnung für Ihre Beerdigung konnten wir leider nicht begleichen." ???

Das anschließende Gespräch mit der Bank möchte ich hier nicht wiedergeben.

Sie entschuldigten sich, und von meinem Erbe reisten mein Sohn und ich nach Japan, in die Karibik und nach Florida.

Sterbebegleitung

Sterbebegleitung ist kein einfacher Job. Man muss sich einlassen können auf den Menschen, er hat viele Ängste und Fragen, und auch der gläubigste Patient auf Erden kann eben nur glauben und nicht wissen, was danach kommt, und geht auch nicht leichter. Der erste Mythos, mit dem ich gerne aufräumen möchte, ist die klassische Szene im Film, wo der Held die Hand seiner Geliebten hält, ihr schwört, dass er sie so sehr geliebt hat, und dann für immer die Augen zumacht. Das ist sehr, sehr unwahrscheinlich! Wenn man von einem plötzlichen Herztod absieht, ist das Sterben ein Prozess, der sich eine Weile hinzieht. Die Anzeichen werden von uns erkannt, aber Sterben ist, genau wie sich auf die Welt zu kämpfen, eine anstrengende Prozedur.

Der zweite Mythos: Niemand sollte allein sterben. In der letzten Phase des Sterbens möchte der Mensch nicht mehr berührt werden. Er zeigt deutlich, dass es ihm sehr unangenehm ist, er möchte weder gewaschen werden noch essen oder trinken. Wenn man ihm die Hand hält, dauert es wesentlich länger, bis er erlöst wird. Es hilft sehr, sich von dem Sterbenden zu verabschieden. Schon sehr oft sind wir nur für kurze Zeit aus dem Raum gegangen, und unser Patient hatte es geschafft.

So viele Angehörige machen sich schreckliche Vorwürfe, weil sie gerade in dem Moment nicht anwesend waren, und wir sagen: „Ihr müsst loslassen und ihn gehen lassen!"

Taschendieb

Eine Patientin lebte in einem runtergekommenen Wohnblock mit einer sehr kleinen Rente. Sie war bescheiden und dankbar und vor allem sehr hilfsbereit. Sie hatte ein schwaches Herz.

Eines Tages wollte sie zum Supermarkt gehen und ihr letztes Geld für ein paar preiswerte Lebensmittel ausgeben. Auf dem Weg dahin entriss ihr irgendein dahergelaufenes Arschloch die Handtasche und entkam. In der Tasche waren nicht nur ihr letztes Geld, sondern auch sämtliche Papiere und Fotos von der Familie sowie ihr Wohnungsschlüssel.

Ihr Herz machte den Stress nicht mit, sie starb noch an demselben Tag an einem Herzinfarkt.

In ihrer Handtasche hatten sich 20 Euro befunden.

Umweltschutz

Als meine Patienten jung waren, war Umweltschutz noch kein Thema. Die meisten Menschen hungerten im Krieg und werfen seitdem freiwillig überhaupt keine Lebensmittel weg. Auch bei uns zu Hause gab es einmal in der Woche ein Resteessen, das immer lecker war und die Fantasie der Köche in Anspruch nahm.

Zum Einkaufen gingen die Frauen mit einem Korb, Männer gingen nur heimlich und mit Aktentasche ...

Plastiktüten gab es nicht und ebenso wenig die Scheu der Verkäufer, ein Lebensmittel in etwas Papier eingewickelt über den Ladentisch zu geben.

Man verwertete saisonal, was der Garten bot, und tauschte mit den Nachbarn. Eine Patientin hatte jede Menge Hühner, aber nicht den Mut sie zu töten. Also bat sie den Briefträger, das zu erledigen, sein Lohn war natürlich ein Huhn.

Man fuhr bei Wind und Wetter Fahrrad, was sowohl die Umwelt schützte, als auch sehr gesund war.

Die Kleidung war nachhaltig (das sagte damals noch keiner), es gab was Gutes für sonntags und was für werktags, das war's.

Waschmaschinen gab es noch nicht, deshalb wurde seltener gewaschen und Kleidung öfter einfach nur an die frische

Luft gehängt. Ich hatte eine Patientin, Jahrgang 1898, die eine wahnsinnige Angst vor Strom hatte, heute haben wir Angst vor Stromausfall.

Heute sind die Lebensmittel nicht mehr so knapp und leider auch nicht mehr so wertvoll für uns.

Und so kommt es sehr oft zu der kniffligen Situation, dass ich in einen Haushalt komme, verdorbene Lebensmittel finde, die ich wirklich sehr gerne entsorgen würde, mein Patient aber, der dummerweise auch schon viel von seinem Geruchssinn verloren hat, sagt: „Die gehen doch noch!"

„Und wenn Sie sich den Magen verderben, wer ist dann der Dumme???"

Was macht eine gute Pflegerin aus?

Was macht eine gute Pflegerin aus? Sie muss empathisch sein. Wenn der Patient ein offenes Ohr bekommt und sich verstanden fühlt, geht es ihm wesentlich besser.

Sie muss unbedingt eine ordentliche Portion Humor haben! Viele Gebrechen und Krankheiten sind ja nicht wirklich lustig, da ist es so wichtig, den Betroffenen zum Lachen zu bringen; damit entspannt sich auch so manche heikle Situation, z. B. wenn der Patient sich vor der Pflegerin ausziehen muss und sich schämt.

Sie muss aber auch einen gesunden Rücken und Kraft haben. Obwohl unsere Hilfsmittel immer ausgefeilter werden, kann man mächtig ins Schwitzen kommen, bei dem Versuch einen Kompressionsstrumpf anzuziehen.

Sie sollte unbedingt ein anständiges Essen zaubern können, das ist ja oft die größte Freude, die manchem noch bleibt.

Sich immer wieder mit fremden Menschen einzulassen, offen auf sie zugehen zu können, ist sehr wichtig.

Sie muss außerdem verschwiegen sein. Wir bekommen so viele persönliche Informationen, da hat die Schweigepflicht oberste Priorität.

Und da wir den lieben langen Tag mit dem Dienstwagen unterwegs sind, ist es von großem Vorteil, wenn sie sich an die Verkehrsregeln hält, und ihre Chefin nicht zum Verzweifeln bringt, indem sie regelmäßig ihr Auto zerbeult ...

Wer hat Spaß?

Wer hat in der Pflege mit wem den meisten Spaß? Das sollte man beim Dienstplanschreiben unbedingt berücksichtigen. Fast jeder Patient hat seine Lieblingspflegerin, und wir haben natürlich auch unsere Lieblingspatienten.

Liebe Männer, verzeiht mir bitte, aber ich konnte in den ganzen 30 Jahren keinen männlichen Pfleger einstellen, da wir konstant mehrere Frauen versorgen, die eine Körperpflege von einem Mann verweigern. Umgekehrt ist es uns noch nie passiert, dass ein Mann nicht von einer Frau geduscht werden möchte.

So manche Ehefrau kämpft auch mit ihrer Eifersucht, wenn wir dem Gatten zwangsläufig zu nahekommen. Eine von ihnen hat das Problem ganz elegant gelöst: Sie wusch sein bestes Stück, bevor wir kamen, und bedeckte es dann mit einem weißen Baumwolltuch. Wir haben anschließend alle anderen Körperteile gewaschen.

Wichtige Helfer

Wer sind unsere wichtigsten Helfer? Erstens: mein bester Freund, der in einem Sanitätshaus arbeitet. Wie oft schon brauchten wir dringend ein Pflegebett, konnten so schnell kein Rezept dafür besorgen, auf ihn können wir uns immer hundertprozentig verlassen.

Wir müssen natürlich auch viele andere Hilfsmittel organisieren, und eilig ist es meistens, da gibt es keinen größeren Luxus als einen guten Freund und Geschäftspartner zu haben.

Um hier niemanden in die Pfanne zu hauen, möchte ich betonen, dass ich nie ein Rezept schuldig geblieben bin, und es nach Büroschluss bei der Abholung immer ein Gläschen Sekt gibt.

Zweitens: Meine lieben Mädels aus meiner Lieblingsapotheke! Auch da wird uns immer geholfen, kein Problem ist ihnen zu kniffelig, wir werden so gut beraten, dass wir uns oft einen Arztbesuch sparen können, und wenn es mal gar nicht gut läuft, bekommen wir Trost und Zuspruch.

Drittens: Eine gute Zusammenarbeit mit den Ärzten ist wahnsinnig wichtig. Im Idealfall schildern wir Pflegekräfte dem Arzt, was wir an unseren Patienten beobachten, und helfen ihm so, eine Diagnose zu stellen. Nicht alle, aber einige Ärzte sind engagiert, empathisch und machen ihren Job mit Liebe und sehr gut.

Viertens: Viele Patienten, vor allem die dementen, benötigen einen gesetzlichen Betreuer, der sich um finanzielle Belange, Gesundheitsfürsorge etc. kümmert. Da haben wir schon ein paar schwarze Schafe erlebt, umso mehr freuen wir uns über eine seit vielen Jahren vertrauensvolle Zusammenarbeit mit unserer Lieblingsbetreuerin. Sie ist seriös, zuverlässig und sehr sympathisch!

Willi

In all den Jahren als Pflegekraft hatte auch ich einen Lieblingspatienten. Nennen wir ihn Willi. Nach seinem Schlaganfall betreute ich ihn 15 Jahre lang. Anfangs konnte er nicht gehen und sprechen, aber er konnte singen! Nach mehreren Therapien kam vieles wieder. Wir hatten viel Spaß, und ich wurde wie ein Familienmitglied (er hatte 3 Kinder) behandelt. Bei jedem Geburtstag und sonstigen Festen musste ich dabei sein, auch bei der goldenen Hochzeit.

Als er auf dem Sterbebett lag, riefen mich die Angehörigen an. Er verlangte nach mir, und ich konnte ihn auf seinem letzten Weg begleiten. Ich habe heute noch Kontakt zur Familie, und es macht mich sehr stolz, das 4. Familienmitglied zu sein.

Der Pflegeberuf hat manchmal sehr traurige Seiten, aber auch viele schöne Momente.

Zum Schluss

Jeder Berufstätige fragt sich irgendwann, ob er den richtigen Beruf gewählt hat: Was wäre, wenn man eine völlig andere Richtung eingeschlagen hätte? Viele fangen noch mal ganz von vorn an.

Helga und ich lieben unseren Job, und das hat sehr viel dazu beigetragen, dass wir ein ausgefülltes und glückliches Leben haben.

Wir möchten Euch mit diesem Buch die Altenpflege ein bisschen näherbringen, und wir wollen allen unseren Patientinnen und Patienten danken für das Vertrauen, das sie uns schenkten in all diesen Jahren.

Wir haben getrauert, gelacht und oft nur zugehört, das ist unser Job, den wir mit Herzblut verrichten.

Wir hoffen sehr, Ihr hattet Spaß beim Lesen, wir hatten jede Menge Spaß beim Schreiben!

Herzlichst Eure Sandra Jeske und Helga Roland

DIE AUTORINNEN

Sandra Jeske (Jg. 1967) und Helga Roland (Jg. 1944) sind Altenpflegerinnen und arbeiten seit vielen Jahren zusammen in Jeskes Unternehmen. Aus der jahrelangen Zusammenarbeit ist längst eine Freundschaft geworden, und so entstand die Idee, gemeinsam ein Buch über die beruflichen Erlebnisse zu schreiben. Sandra Jeske ist Mutter eines Sohns und lebt in der Nähe von Frankfurt am Main. Sie hat in der 11. Klasse das Gymnasium verlassen und sich erst zur Arzthelferin, dann zur Altenpflegerin ausbilden lassen. Nach der Fortbildung zur Pflegefachkraft gründete sie 1993 einen ambulanten Pflegedienst mit derzeit vier Mitarbeitenden – eine davon ist die Rentnerin Helga Roland. Roland, geboren in Schlangenbad, lebt in Dreieich wie auch ihre beiden Kinder und die Enkelkinder. Viele Jahre war sie als Kauffrau in der Datenverarbeitung tätig, hat sich aber nach der Scheidung neu orientieren müssen.

DER VERLAG

VINDOBONA
VERLAG SEIT 1946

ein Verlag mit Geschichte

Bereits seit 1946 steht der Vindobona Verlag im Dienst seiner Bücher und Autoren. Ursprünglich im Bereich periodisch erscheinender Journale tätig, präsentiert sich der Verlag heute als kompetenter Partner für Neuautoren am deutschen, österreichischen und schweizerischen Buchmarkt. Engagement, Verlässlichkeit und Sachverstand – das sind die Grundpfeiler, auf denen der Verlag seit jeher sicher steht.

Sie möchten mit Ihrem Werk das vielseitige Verlagsprogramm bereichern? Der Vindobona Verlag garantiert Ihnen eine professionelle Prüfung Ihres Manuskriptes durch das Lektorat sowie eine zeitnahe Rückmeldung.

Genauere Informationen zum Verlag
finden Sie im Internet unter:

www.vindobonaverlag.com